LA CHASTE BERGERE.

PASTORALE NOUVELLE.

De l'inuention du S[r] DE LA ROQUE de Clermont en Beauuoisis.

A PARIS,
Chez IEAN CORROZET, au Palais, sur le perron de la Saincte Chapelle.
M. DC. XXIX.

P

P

Ay qui
Les cost
prec
la sain
l'on voi
quitté
plaisan
myrthe
fleurs
champs,
et d'un
haute d
voir de
tuz les
ntour a
reveau

PROLOGVE.

PAN en habit Pastoral.

I'Ay quitté les deserts & les forests sacrées,
Les costaux embaumez, les ruisseaux & les prées
De la saincte Arcadie, & des temples dorez,
Où l'on voit mes portraits tous les iours adorez:
I'ay quitté mes autels & mes riches trophées,
Et le plaisant sejour des Nymphes & des Fées,
Les myrthes, les lauriers, les palmes verdissans,
Les fleurs & les doux fruits de mes fertiles champs,
Ayant d'vn simple habit couuert à l'impourueue
Ma haute deïté du monde assez cogneue,
Pour voir de ces pays les agreables lieux,
Les prez, les chāps, les eaux, les monts delicieux,
Aussi pour accoster les troupes estrangeres
Des vertueux Bergers, & des belles Bergeres,

Mesmes vne sur qui reluit la majesté,
Seule fleur de vertu, d'honneur & de beauté,
Dont les deportemens rēdent fable & prophane
Tout ce qu'on dit iamais de la chaste Diane,
Qu'en mes forests iadis auec vne toison
Ie sceu gaigner le cœur, l'amour & la raison.
Or sans dire mon nom, & me faire cognoistre,
Auec to⁹ ces Pasteurs quelque tēps ie veux estre,
Pratiquāt leur humeur, apprenāt leurs amours,
Et voir si l'on m'honore en ces loingtains sejours.

ENTRE-PARLEVRS.

PAN.
CELIN.
ALEXIS.
AMOVR.
LVCILE.
DAMETTE.
LES GARDES DV TEMPLE.
LES MATRONES.
L'HERMITE.
LES SACRIFICATEVRS.
ARDENIE.
CORIDOM.

LA CHASTE BERGERE.

PASTORALE.

ACTE PREMIER.

CELIN. ALEXIS. Bergers.
ARDENIE & ses compagnes.

CELIN.

IE voy ce me semble à l'ombrage
De ce doux & plaisant bocage
Le triste & dolent Alexis
Plein de douleurs & de soucis,
D'vne voix d'amour animee

Faire sa plainte accoustumee:
Mais pour moderer son ennuy
Ie me veux approcher de luy.

ALEXIS.

Celin cher amy qui t'amene
Icy pour augmenter la peine
Qu'Amour cruel me fait souffrir?

CELIN.

Cher compagnon, c'est pour t'offrir
Le secours, l'aide, & la parole
Dont vn amy l'autre console,
Et luy peut souuent apporter
Le moyen du mal supporter.

ALEXIS.

Ie cognois ta peine inutile,
Car c'est chose trop difficile
Que de resoudre vn amoureux
Que le sort rend si malheureux,
Suiuant vne fiere Maistresse,
Dont la rigueur iamais ne cesse:
Helas! que le iour & la nuit
Me hait, me desdaigne & me fuit.

CELIN.

Amy tu es la cause mesme
Qui produit ton malheur extreme,
Car tu fais par ta fermeté
Trop de conte de sa beauté,
Il faut auoir de la constance
Autant que l'on a d'esperance,
Et n'estre iamais enflamé
Si vous ne vous voyez aimé:
Et premier qu'en leurs mains nous mettre
On doit leur humeur recognoistre,
Et s'asseurer que la pitié
Ne fit onc naistre l'amitié:
Et ne faut pas que ie te nie
Que ta belle & fiere Ardenie
A nul Berger veuille du bien,
Et me croy qu'elle n'aime rien
Sinon courir par ces montagnes
Auecque ses autres compagnes,
Gardans leurs blanchissans troupeaux
Au frais des ombres & des eaux,
Oyant les douces chansonnettes

De nos babillardes musettes,
Faisant de roses & de fleurs,
Mille chappeaux de ses couleurs:
Rien à l'amour ne la prouoque,
Mais d'auantage elle se mocque
De celuy que son œil espoint
Que de l'autre qui n'ayme point.

ALEXIS.

Mais las! comment se peut-il faire
Qu'vn amant se puisse distraire
D'vne si forte passion,
Qui vient de la perfection
D'vn sujet que nul ne seconde,
L'honneur & la beauté du monde.

CELIN.

Il est vray, mais puis que son cœur
Ne produit que fiel & rigueur,
Que iamais amour n'eut puissance
D'en tirer de l'obeissance,
Il la faut voir sans t'enflamer,
La seruir sans parler d'aymer:
Car vne humeur libre & plaisante,

Vne façon gaye & galante,
Bien plutost pourroit engager
Vn cœur arrogant & leger,
Qu'vne façon morne & pensiue
Qui sort d'vn amour excessiue.
Sus amy, ne va plus resuant,
Les voicy, courons au deuant,
Sus, donne trefue à ces allarmes,
Resous toy de seicher ces larmes,
Et fais semblant de n'aimer plus,
R'appellant tes esprits confus:
Suy moy, car ie m'en vais leur dire
Quelque mot pour les faire rire,
Parce qu'il faut dissimuler
Le mal qui nous peut desoler.
Bon iour mes gentilles fillettes,
Cueillez vous toutes ces fleurettes?
Ne lairrez vous que des soucis
A ce malheureux Alexis?
Suffise vous des belles roses
Qu'on voit sur vos beaux seins décloses,
Et nous laissez ces fleurs pour nous,

Quelque ſerpent caché deſſous
Plein de venin & de malice
Vous bleſſera comme Euridice.

ARDENIE.

Non Berger, nous ne craignons rien,
Et ſçauons encor le moyen
D'eſchapper de telle auenture,
Et d'euiter ceſte pointure,
Mais vous ne ſçauriez pas guerir
Du mal qui tant vous faict courir:
Prenez en ce peril extreſme
L'aduertiſſement pour vous meſme.

ALEXIS.

Quoy donc vous-verray-ie touſiour
Inſenſible aux traits de l'amour,
Malicieuſe, impitoyable,
Au mal qui ſans ceſſe m'accable?
Quel rocher de ces bois icy
Se trouueroit plus endurcy
Que le marbre de la poitrine
D'où ma douleur prend origine?

ARDENIE.

Mais serez vous tousiours ainsi
Le sujet de vostre soucy?
Importunant par ces valees
De vos complaintes desolees
Non les rochers de ces deserts,
Non les animaux plus diuers,
Mais le Ciel qui souuent s'en cache,
Et de telles fureurs se fasche?
Non non, il nous faudra quitter,
Afin de ne plus disputer,
Le plaisir de ce beau riuage,
Ces prez fleuris & cest ombrage.

CHANSON D'ALEXIS.

QVe fais-ie par ces montagnes,
Par ces bois par ces campagnes,
Auec l'horreur où ie suis?
O mon ame vagabonde,
Pensois-tu laissant le monde
Laisser encor tes ennuis?

Las que me seruent ces ombres,
Ces eaux, ses campagnes sombres,
Où me conduit le malheur?
Quelle fraischeur, quel ombrage
Au bord de ce doux riuage
Peut moderer sa chaleur?
Que me sert que ces prairies
Soient si vertes & fleuries,
Et ces champs si gracieux,
Si le Soleil qui m'enflame,
Et le printemps de mon ame
Se retirent de mes yeux?
Par ces rochers où i'arriue
L'espine au lieu de l'oliue
Me tesmoigne desormais,
Au malheur qui me pourchasse,
Que i'auray sans nulle espace
Plus de guerre que de paix.
O Nymphe dont Aristee
Causa la fin limitee,
Ie me compare à ton sort:
Car passant ceste verdure

Ie receus vne pointure
D'vn œil qui causa ma mort.
Ie croy qu'Amour me retire
En ce bois où ie souspire
Auec mes tourmens diuers,
Afin qu'en pleurant ma peine
Il me transforme en fontaine
Pour arroser ces deserts.
Belle & plaisante Arethuse
Oyant ma plainte confuse
Parmy ces bois escartez,
Permets que ton cher Alfee
Rende ma flame estouffee
Dedans ses flots argentez.
Las! que m'en chaut qu'on me change
En quelqu'autre forme estrange,
Où ie viue incessamment,
Pourueu que plus ie ne sente
Cest'ardeur qui me tourmente,
I'aymeray ce changement.
Le temps remply d'inconstance
L'heur & le bien nous auance,

Et puis le fait retirer
A l'endroit où ie souspire,
Dautres fois on ma veu rire
Autant qu'on me voit pleurer.
Iniuste enfant de Cyprine
Qui nasquis de la marine,
Ne pense plus m'enflamer:
Puis que ceste ame cruelle
Mesprise vn cœur si fidele,
Ie cesseray de l'aimer.

ACTE SECOND.

ARDENIE. AMOVR.
CORIDON. LVCILE.

ARDENIE.

HE! ne voy-ie pas, ma compagne,
Au trauers de ceste campagne
S'en aller droict à nos forests,
Auecque ses chiens & ses rets,
Le beau Coridon qui surpasse
Adonis des traicts de sa face,
Ayons le plaisir auiourd'huy
De nous en aller auec luy
Prendre quelque beste sauuage:
Laissons vn peu au pasturage
Nostre doux & frisé troupeau,
Le long de ce plaisant ruisseau.

AMOVR.

Il faut ores que ie m'appreste

A cette amoureuse conqueste,
Et que ie mette sous ma loy
Ce cœur qui se mocque de moy.

ARDENIE.

Ie voy au haut de ceste roche
Vn petit chasseur qui s'approche,
Qui nous pourra bien aduertir
D'où la beste pourra sortir,
Et sans bouger de cette place
Peut estre verrons nous la chasse,
Le voicy qui vient droict à nous,
Rengeons nous donc icy dessous.

CORIDON.

N'est-ce pas vn malheur estrange
Que tous nos chiens s'en vont au change,
Bergeres i'en ay de l'ennuy,
Que nous ne pouuons aujourd'huy
Vous donner plaisir de la prise.

ARDENIE.

Vne autre sort te fauorise,
Coridon bien aimé des Cieux,
Car tu as pris auec tes yeux

Sans

Sans chiens, ny ſans tes filets tendre,
Ce que d'autres n'auoient ſceu prendre.

CORIDON.

Vous auez raiſon, par ma foy,
De vous mocquer ainſi de moy,
Car courant les bois & la plaine,
Ie n'ay rien pris que de la peine.

ARDENIE.

Tenez vous pour priſe legere
Que le cœur de quelque Bergere
De qui la grace & la beauté
Peut engager la liberté
Du plus grand Monarque du monde?

CORIDON.

Ce n'eſt pas où mon bien ſe fonde,
I'ay bien vne autre ambition.

ARDENIE.

Quoy viuez vous ſans paſſion?

CORIDON.

Non, car i'en ay trop à la chaſſe.

ARDENIE.

Dieux! c'eſt auoir l'ame bien baſſe,

Que n'aimer rien que les forests,
Les chiens, les panneaux & les rets;
Puis que tu ressembles en aage,
Au teint, & aux traits de visage
Le gentil enfant de Myrrha,
De qui Venus s'enamoura,
Fais en ce bois quelque maistresse
Qui de l'humeur soit chasseresse,
Qui de rien ne te desdira,
Mesmes qui tes chiens gardera:
Et si quelquefois tu te lasse
Du chaud, du trauail de la chasse,
Dans son giron qu'on peut priser
Tu te pourras lors reposer.

CORIDON.

Bergere, il faut que tu m'excuse,
Aussi qu'en rien ie ne t'abuse,
Ie ne puis la nuict & le iour
Exercer la chasse & l'amour:
Il faut que l'homme s'achemine
Où premier nature l'encline.

ARDENIE.

O Dieu! pourquoy ſi promptement,
Sans raiſon & ſans iugement,
Ay-ie laiſsé pipper mon ame
D'vn ſujet de qui l'œil m'enflame:
Par qui ie me voy deſdaigner,
Et qu'on ne void s'accompagner
Que d'vn deſir irraiſonnable?
O Coridon trop miſerable,
Triſte & fiere condition
De refuſer l'affection
De celle qui cherit ta vie,
Que peut eſtre on verra rauie
Par quelque animal furieux,
Pouſsé du ſort iniurieux,

LVCILE.

Or voicy ma chere Ardenie,
Celle dont l'amitié me lie,
Et me remplit d'affections:
Mais ie iuge à ſes actions
Quelque choſe de bien eſtrange,
Quel accident? mais las! quel change

La contraint se douloir ainsi?

ARDENIE.

Bon iour mon cœur & mon soucy,
Vous me trouuez en cette riue
Toute pasle, morne & pensiue:
Mais quoy? c'est pour vn desplaisir
Qui soudain mon cœur vint saisir,
Quand l'autre iour à l'impourueue
Ie m'esloignay de vostre veue
Et vous iure mon petit cœur,
Que nulle autre extreme langueur
N'a puissance dessus ma vie.

LVCILE.

Ma belle ame ie te supplie
De ne me vouloir rien celer
De ce qui te peut desoler,
Car ie te voy la couleur morte,
Et le geste de telle sorte
Que par cela i'ay recogneu
Quelque nouueau mal auenu.

ARDENIE.

Croy moy donc ma belle Bergere,

Que ie ne ſuis pas menſongere,
Et que i'ay dict la verité,
Ores que ie voy ta beauté
Que i'ay ces iours tant deſiree
Ma triſteſſe s'eſt retiree.

LVCILE.

Allons nous en donc dans ces bois
Parmy ces antres les plus cois
Aux bords des fraiſches ondelettes
Ouyr les douces chanſonnettes
Des plaiſans oiſillons diuers
Hoſtes de ces fueillages vers:
Car voicy dans ceſte prairie
Du coſté de la Bergerie
Coridon & le fort Celin,
Alexis prenant ce chemin:
Et n'ois tu pas, mon Ardenie,
La douce & plaiſante armonie
Que fait iuſqu'icy reſonner
Ce flageol que ſçait entonner
Le plaiſant Celin dont la grace
Celle là des autres efface?

Lequel nous raconte en tous lieux
Tousiours des mots facetieux.

ACTE TROISIESME.

ARDENIE en habit de Pasteur.
CORIDON. LVCILE.
DAMETTE.

ARDENIE.

INiuste enfant de Cyprine
Seul autheur de ma ruine,
Qui range ma liberté
Sous vn sujet indompté,
Dont l'ame froide & glacee
Ne retire en sa pensee
Qu'vn soin de chasser au bois,
Et de reduire aux abois,
Quelque animal bien sauuage
Caché dedans le fueillage,
N'es-tu pas cruel vray'ment

De m'auoir si promptement
Ceste pauure ame enflamee?
Helas! qui n'est point aimee,
Et qui viuoit tous les iours
Franche d'ennuis & d'amours?
Ie dis de l'amour prophane
Que fuit la chaste Diane
En cest habit maintenaut
Où tu me vas retenant?
Las! helas! il me faut ore
Chercher celuy qui m'abhorre,
Et qui se rit en effect
Du tourment que tu m'as faict;
Maintenant le cœur me tremble,
Car ie le voy ce me semble
Couché sous l'ombre mollet
Auprés de ce ruisselet:
Toutesfois il pourroit estre
Qu'il ne me sçauroit cognoistre,
Mais il me faut déguiser
Ce cœur qui sceut embraser
Par vn artifice extresme

Encor mieux que le corps mesme.

CORIDON.

Dieu vous gard gentil Pasteur,
Si vous estes bon chasseur
Nous prendrons en ce bocage
Vn petit cheureuil sauuage,
Car i'apperçoy que vos chiens
Sont or' plus frais que les miens.

ARDENIE.

Compagnon que ie t'embrasse,
Puis que tu aimes la chasse,
Ie t'aime comme mon cœur,
Ie ne viuois qu'en langueur
Premier qu'en ceste contree
I'eusse vne humeur rencontree
Qui se peusse conformer
A ce que ie veux aimer.

CORIDON.

On chasse mieux ce me semble
Lors que l'on est deux ensemble:
Sus donc ne nous laissons pas,
Tendons nos rets & nos lacs,

Nous aurons quandie m'auise
Du plaisir & de la prise.

ARDENIE.

Mais compagnon il nous faut
Passer quelque peu le chaut
Et la violence dure
Au frais de ceste verdure,
Et pour le temps abuser,
Il faut vn peu deuiser
Au bruit de ces ondelettes
De nos belles amourettes.

CORIDON.

Cher amy ie te promets
Que mon cœur n'en eut iamais,
Et que nul attrait de femme
Onc ne sçeut gaigner mon ame,
I'ay comme tu peux penser
Plus de plaisir à chasser
Vne bichette legere
Qu'vne facheuse Bergere.

ARDENIE.

Cher amy en quel erreur

Laiſſes-tu gliſſer ton cœur?
Car l'Amour où ie me fonde
Eſt le ſeul plaiſir du monde:
Ne ſçais-tu pas que les Dieux
Meſmes deſcendent des Cieux
Pour la preſence mortelle
Des yeux d'vne Paſtorelle?
Il n'eſt plaiſir en effet
Que d'aymer vn beau ſujet.

CORIDON.

Amour eſt vne furie,
Amy croy-le ie te prie,
Qui nous ronge ſans repos
L'ame, l'eſprit & les os,
Vne violence extreſme
Qui nous rauit à nous meſme,
Qui nous fait quitter ça bas
Tous autres plaiſans esbats.

ARDENIE.

Amy, il faut en ſon ame
Aymer vne belle femme,
Sans ſe laiſſer emporter,

Sans se laisser surmonter
A l'extreme violence
A quoy maintenant tu pense:
Car vn homme doit auoir
Dessus soy quelque pouuoir:
Cest amour que tu deteste
Autrement seroit moleste.

LVCILE.

Ie voy Coridon le chasseur
Parmy l'ombrage & l'espaisseur
De ces pins & de ces fougeres.

DAMETTE.

C'est celuy qui fuit les Bergeres
Auec vn mespris de l'amour,
Et chasse la nuit & le iour.
Mais comment se peut-il defendre
Contre cet enfant qui sçait prendre,
Non les hommes, mais tous les Dieux?

LVCILE.

Ma foy ie l'en estime mieux,
De garder ainsi sa franchise,
A la fin rien ne le maistrise,

Il s'en va, il fait ce qu'il veut,
Et ne fait point ce qu'il ne peut,
Il n'a point en la fantaisie
Le tourment & la ialousie
Qu'apporte ce fascheux desir.

DAMETTE.

Aussi n'a il pas de plaisir
Suiuy de l'humeur qui le pousse,
La chasse d'amour est plus douce,
Car vous tenir entre ses bras
Ce seroit de plus doux esbats.
Approchons, ma belle Lucile,
Voyons s'il n'a rien de ciuile,
Et si vos yeux qu'on doit aymer
Ne le pourroient point enflamer.
Ie tiens qu'vne telle victoire
Apporteroit bien de la gloire,
Puis que chacun dit & sçait bien
Que son cœur iamais n'ayma rien.

LVCILE.

Esprouuez y vostre puissance,
Rendez-le en vostre puissance,

Composez quelque doux regard,
Ie vous en veux quitter ma part:
Ie n'ayme rien & veux ensuiure
Le chemin d'vne femme libre,
Si ie l'auois dessous mes loix
Soudain ie le vous donnerois.

ARDENIE.

Or voicy Lucile & Damette
Sur le bord de ceste ondelette,
Qui vont ensemble deuisant
De quelque propos bien plaisant,
Ie ne sçay qu'elles peuuent dire,
Car d'icy ie les entends rire,
Voicy le sujet qu'il nous faut
Pour passer le iour & le chaut.

DAMETTE.

Beaux Bergers vous cherchez l'ombrage,
Pour conseruer ce beau visage,
Il est vray, le soleil est haut,
Mais vous ne craignez que le chaut
Dont Phebus la campagne enflame:
Car vous ne sentez point en l'ame

A trauers de voſtre pourpoint
L'ardant feu dont amour eſpoint
Celuy qui de prés en approche
Quand vn petit trait il décoche.

CORIDON.

Certe il eſt vray que cet enfant
Ne fut onc de moy triomphant,
Et ne le ſera pas encore,
Car c'eſt vn deſir que i'abhorre
Cent mille fois plus que la mort:
Ie m'en ſens redeuable au ſort
Qui ſi longuement m'en preſerue.

LVCILE.

En ceſt' humeur Dieu vous conſerue,
Et vous puiſſe touſiours tenir,
Pis ne vous pourroit auenir,
Si vne fois voſtre franchiſe
Eſtoit de ces fureurs eſpriſe,
Par les attraits d'vne beauté
Qui fuſt pleine de cruauté,
De rigueur, & qui fut encore
En l'humeur où vous eſtes ore:

Ie ſuis de voſtre opinion,
Viuons ſans nulle affection,
Ie veux vne chanſon vous dire,
Pour monſtrer que l'on ſe doit rire
De ces aueuglez amoureux
Qu'vn eſpoir rend ſi mal-heureux.

CHANSON.

IE me ris de cette amitié
Qui rend vn amant miſerable,
Mieux vaut auoir peu de pitié,
Qu'eſtre à ſon dam trop pitoyable.
Qui ſe plaindra de ma rigueur
Sans ſujet du tort il me donne,
Quand ie n'ay nul deſir au cœur
Mes regards n'offenſent perſonne.
L'eſpine ne vient pas chercher
Celuy qui cognoiſt ſa nature:
Pourquoy donc la venant toucher
Vous plaignez vous de ſa pointure?
En fin qui ſe viendra bleſſer
A mes yeux auant que ie l'ayme,

Pourra bien alors confesser
Estre le meurtrier de soy mesme.

ACTE QVATRIESME.

ARDENIE. DAMETTE. CORIDON.
CELIN. ALEXIS. AMOVR.
PAN. LVCILE.

ARDENIE.

SOuffriras-tu fils de Cythere,
Toy que tout le monde reuere,
Que ces deux ames qne tu voy
Aillent ainsi blasmant ta loy?
Helas! Amour, qu'est deuenuë
Ceste puissance tant cogneuë
De quoy tu sçeus iadis dompter
Mars, Pluton, Pan, & Iupiter?
O Coridon Roy de mon ame,
Dont la seule beauté m'enflamme,

Beauté

Beauté qui me fait nuict & iour
Mourir de desir & d'amour,
Que par tout il me conuient suiure
Si ie m'ayme ou si ie veux viure:
Car ma mort consiste sans plus
A ton absence & ton refus.
Mais helas! faut-il que sans cesse
Ie nourrisse vne grand' tristesse,
Vne si viue affection,
Sans descouurir ma paßion?
Ouy, car si ie luy fais entendre,
Ou bien si ie veux entreprendre
De luy raconter mon tourment,
Ie le perds tout soudainement,
Et s'il s'esloigne de ma veuë
Ie me sens moy mesme esperduë.

DAMETTE.

O Dieu! n'oy-je pas dans ce bois
Le son d'vne plaintiue voix
Qui trop ressemble à celle mesme
De ce nouueau Pasteur que i'ayme?
C'est luy, ie l'entends par ma foy,

Qui peut estre amoureux de moy
Se plaint, se lamente, & souspire,
Ne m'osant conter son martyre:
Il m'en faut approcher vn peu,
Non point pour alentir son feu,
Mais contrefaisant la rebelle
Ie veux voir s'il sera fidelle:
Car on ne doit pas longuement
Faire languir vn tel amant:
Il n'est affection si forte
Qu'vn mespris ailleurs ne transporte.

ARDENIE.

Ayme moy cruel Coridon,
Et puis que l'amour t'a faict don
De ma chere ame & de ma vie
Que tu rends si fort asseruie.

DAMETTE.

Hé! ne rends pas ta cruauté
Außi grande que ta beauté:
Dieu! quel mot sonne à mon oreille,
Quel amour fust oncque pareille?
Hé! quoy ce Pasteur malheureux
Se trouueroit-il amoureux

De son sexe & de son semblable,
Au mespris du mien tant aymable?
Il est vray, ie l'entends ainsi,
Coridon est tout son soucy,
Par ses yeux son ame est atteinte,
Et fait pour luy ceste complainte.
Mais, ô trop infame Berger,
Maintenant ie me veux vanger
Et punir ton amour brutale
Que nul autre icy bas n'esgale:
De ce pas ie m'en vay chercher
Coridon pour te reprocher
Ta paßion irraisonnable,
Et ton amour desagreable.

CORIDON.

Ie voy Damette qui s'encourt,
Mais bien en courant qui discourt,
Qu'il semble en sa course hastée
Qu'elle soit beaucoup transportée;
Bergere où courez vous ainsi?
Vous emportez quelque soucy
Qui vous esgare & vous estonne,

Tant que vous ne voyez personne,
Vous me feriez iuger soudain
Que vous le faites par desdain.

DAMETTE.

Beau Berger ie cours pour vous dire
Que vostre compagnon souspire,
Et se meurt pour vous trop aimer
D'vn amour que l'on doit blasmer:
Il crie & tousiours se lamente
Comme vn amant pour son amante.
Et si vous n'y adioustez foy
Venez vous en tost auec moy,
Et vous entendrez de sa bouche
Le faict enorme qui vous touche.

CORIDON.

Bergere te mocques tu point?
Est-il bien reduit en ce point
D'aimer d'amour si detestable?
Seroit-il bien si miserable?
Ou bien en ce poinct detenu
Seroit-il pas fol deuenu?
Mais quoy qu'il soit ie me dispose

De le hair ſur toute choſe,
Et de iamais ne l'accoſter.

DAMETTE croit qu'Ardenie ſoit vn Paſteur.

Encor veux-ie ce faict conter
A celuy qui me vient encontre,
Et faut auſsi que ie luy monſtre
Comment il plaint ſon mal extreſme
Pour l'amour de ſon ſexe meſme,
Et quoy qu'il en puiſſe auenir,
Bref ie ne m'en ſçaurois tenir,
Meſmes en courant vagabonde
Ie le veux dire à tout le monde.

CELIN.

Bergere n'ay-ie bonne veuë,
De loin ie vous ay recogneuë,
Lors que par ce fueillage doux
Coridon parloit auec vous:
O Dieu ma gentille Damette
Que la partie eſtoit bien faite,
Ie ne me puis repreſenter
Lequel la pourroit emporter.

DAMETTE.

Vous serez tousiours celuy mesme
Qui gosse d'vne addresse extresme,
Ou qui iamais n'aimera rien.

CELIN.

Ie trouue que ie fais tres-bien,
De me tenir en ceste sorte,
Peu de bien grand' douleur apporte:
Le plaisir d'Amour est vn feu
Certainement qui dure peu,
Pour la douleur cruelle & dure
Qu'vn amant en amour endure:
Ie me trouue bien d'euiter
Le mal qu'on luy voit supporter:
Ie dors toute nuict à mon aise,
Ie n'ay rien au cœur qui me pese:
L'homme est bien suiuy de malheurs
Qui peut viure parmy les fleurs
De ses prez & de ses courtines,
Qui va mourir par les espines.

ALEXIS.

Helas! où luisent les beaux yeux

De celle-là que i'ayme mieux
Que le Soleil, ny que ma veuë,
Helas! helas! qu'est deuenuë
Ceste rude & fiere beauté
Qui tient ferme ma liberté?
I'ay couru toutes ces campagnes,
Ces bois, ces champs, & ces montagnes,
Bref, par tout i'auance mes pas,
Et si ie ne la trouue pas,
Ce chasseur qui son chien appelle
M'en pourra-il dire nouuelle?

ARDENIE.

Ie voy sur le bord de ces bois
Vn cheureuil qui rend les abois,
C'est celuy que Coridon chasse
Le long du iour de place en place.
Mais pauure animal, hé! pourquoy
Ne me comparay-ie à toy
Qu'amour poursuit à toute outrance?
Coridon à ta fin t'auance,
Ainsi son œil & mon destin
Me reduisent presqu'à ma fin:

Mais d'vn poinct sans plus ie t'enuie,
C'est qu'en bref finira ta vie,
Et Coridon par sa rigueur
Me tiendra tousiours en langueur.
Mais pendant que ie me lamente
Ie voy venir par cette sente
Alexis amoureux de moy,
Ie luy veux cacher mon esmoy,
Et ne veux pas qu'il me cognoisse,
Ce seroit doubler mon angoisse
S'il descouuroit ma fiction,
Ou cognoissoit la passion
Que i'ay pour aymer en mon ame
L'amant qui se rit de ma flame:
Donc pour ne le point rencontrer
Dans ce bois il me faut r'entrer.

AMOVR.

Il faut qu'encore ie m'essaye
De faire vne seconde playe
A ce Monarque Arcadien,
Maintenant qu'il ne pense à rien,
Et que son ame est en franchise,

Braue & ſuperbe qui meſpriſe
Mon arc, mes traicts & mon flambeau,
Ie l'enflammeray de nouueau
Par l'œil de la belle Lucile,
Rendant ſa liberté ſeruile,
Luy faiſant verſer plus de pleurs
Qu'il ne s'eſt mocqué des douleurs
De ceux que ma forte pointure
Bleſſa par ſemblable auenture.

PAN.

Depuis peu ie perds le repos,
Et ſens vne ardeur dans mes os,
Et ne ſçay aſſez recognoiſtre
Ny iuger ce que ce peut eſtre:
O Dieu! que me ſert l'ignorer,
Et pour mon plaiſir endurer?
C'eſt qu'hier parlant à Lucile,
Bergere, mais Nymphe gentille,
Vn ſeul traict de ſon œil vainqueur
Doucement entama mon cœur,
Allumant, ſi ie le decele,
La chaude & premiere eſtincelle:

Mais donc il me faut recourir
Au sujet qui me peut guerir:
La voylà sur l'herbette aßise
Auecque la belle Cephise,
Mais ce sera bien vn hasard
Si ie la puis tirer à part,
Pour luy conter combien ma vie
Est dessous ses loix asseruie,
Ie croy que i'auray bien loisir
De luy raconter mon desir,
Car les deux autres la delaissent
Pour suiure leurs moutons qui paissent.

LVCILE.

Dieu vous gard Berger, Dieu vous gard,
Qui vous ameine en ceste part?
Vostre chasse est-elle finie?

PAN.

Mais que sert que ie le nie,
Moy mesme en fin ie suis prins,
Arresté, mais bien fort esprins
De doux regards de vostre veuë.

LVCILE.

Vray'ment c'est donc à l'impourueuë,
Car iamais ie n'eusse pensé
Vous auoir si soudain blessé:
Ie ne sçay comme il ne varie
Poursuiuant ceste raillerie,
Car il le dit si froidement
Qu'on le croiroit certainement:
Vous estes à ma fantaisie
Exempt de telle frenaisie,
Berger changeons d'autres discours,
Qu'auez-vous faict ou veu ces iours?

PAN.

Ie n'ay rien veu que vostre idee
Dont mon ame se void guidee,
Et n'ay faict depuis ce temps là
Que de me plaindre çà & là,
Auec vn desir ordinaire
De vous seruir & de vous plaire,
Et souuent le Ciel reclamer
Pour vous conuier de m'aymer:
Amour d'vne saincte puissance

M'a mis en vostre obeissance,
Si bien que la mort seulement
En sera diuertissement.

LVCILE.

Mais d'où vient que vostre pensée
Et vostre ame trop insensée,
Plutost s'attache au fier lien
De celle là qui n'ayme rien,
Qu'à celles qui de leur nature
Enclinent à telle auanture,
Et qui reçoiuent à plaisir
Qu'on leur addresse leur desir?
Ie hay cela de haine extresme,
Et si ne veux pas que l'on m'aime.

PAN.

Hé quoy! sçauriez vous empescher
Aux amans de vous approcher,
Et de vous aimer dans leur ame,
Espris de l'amoureuse flame?

LVCILE.

Non, vn chacun me peut aimer,
Me voir par tout, & m'estimer:

Mais ie suis bien assez hardie
Pour empescher qu'on me le die.

PAN.

Lucile pour me refuser
Tu te pourrois bien abuser,
Et faire tort à ta ieunesse,
Car ie te puis faire Deesse,
Par tout envoyant ton renom,
Et faire celebrer ton nom:
Et s'il faut que ie te le die
Ie suis le grand Dieu d'Arcadie,
Le Monarque des bois diuers
Que l'on voit en cest vniuers,
Des Bergers le Roy & le maistre,
Qui ne se veut faire cognoistre,
Afin que mon affection
N'oste ta reputation,
Pour toy i'entrepris ce voyage,
Laissant mon plus cher heritage:
Mais quoy? si tu me veux aimer
Tu verras ta gloire estimer,
Et dés maintenant ie te donne

Mon cœur, mon ſceptre & ma couronne.

LVCILE.

Pan, ie n'accepteray iamais
Tous les biens que tu me promets,
D'autant que ie me ſuis promiſe
D'ame, de cœur & de franchiſe,
Du iour que la raiſon ſur moy
Sceut à mes ſens donner la loy,
Voüant mon corps & ma ieuneſſe
A la grande & chaſte Deeſſe
Que les iours tu vois tant de fois
Chaſſer par les champs & les bois,
Et pour plus de preuue t'en rendre
Ie m'en vais dans ce temple appendre
Les vœux de ma virginité,
Et viure en ceſte auſterité.

SONNET DE PAN, ESCRIT SVR VN ARBRE.

Maudite chasteté qui nostre ame bourrelle,
Seule mere d'erreur pleine d'aueuglement,
De qui le masque faux & l'assoupissement
Detient nostre ieunesse en mort continuelle.
Faut-il qu'vne beauté rare, parfaite & belle
Ne sente la douceur & le contentement
Qu'amour donne à tous ceux qui l'ayment constamment,
Mesme qui vont cedãt à l'humeur naturelle?
Mais quelle loy peut bien nous defẽdre d'aimer?
Serions nous si meschãs que de vouloir blâmer
Le sujet qui maintient l'air, & la terre, & l'onde?
Celuy qui n'aime rien est indigne du iour,
En fin la chasteté feroit perir le monde,
Si le monde n'estoit accompagné d'amour.

ACTE CINQVIESME.

CORIDON. LVCILE. L'HERMITE.
ARDENIE. ALEXIS.
LES SACRIF. LES GARDES
LES MATRONES.

CORIDON.

IL faut maintenant que i'auoüe
Qu'Amour est vn Dieu qui se ioüe
De la liberté des humains,
Et qui tient le frein dans ses mains
De la course de nostre vie,
D'autant qu'il la tient asseruie,
Faisant de nous tout ce qu'il veut,
Et ne fait encor ce qu'il peut:
Car combien de fois ay-ie veuë
Celle dont la beauté me tuë,
Et me rend si fort amoureux

Que ie m'estimois malheureux
Auant qu'vne si belle flame
Eust donné le iour à mon ame:
Toutesfois ie puis bien iurer
Qu'Amour ne m'eust sceu coniurer
Par les yeux d'vne autre maistresse,
Et que iamais sur ma ieunesse
Il n'eust acquis aucun pouuoir,
Si premier il ne m'eust faict voir
La chaste beauté de Lucile,
Dont la recherche est inutile,
D'autant que son cœur indompté
A fait vœu de la chasteté.
Mais il faut que ie me presume
Qu'il n'y a si grande coustume
Qu'en fin on ne face changer,
Ie ne m'en veux pas estranger,
Quoy qu'elle paroisse inhumaine,
La gloire consiste à la peine
Qu'on a de poursuiure vn sujet.
Mais qu'est-ce là? Dieu c'est l'objet.
De celle qui cause ma flame,

Et celle en fin que ie reclame.
Où va elle ainsi maintenant
Si seulette, se promenant?
Il faut ores que ie me monstre,
Et que ie m'en aille à l'encontre
Pour luy parler de mon amour,
Et pour luy donner le bon iour,
Où va or' la beauté du monde
Si seulette & si vagabonde?
Celle qui commande à mon cœur,
Et pour qui ie vis en langueur?

LVCILE.

Coridon ie te le veux dire,
Sçache donc que ie me retire
Au temple où i'ay donné mes vœux,
Où chastement viure ie veux,
Afin que la fureur commune
De vostre amour ne m'importune:
Car ie me sçaurois sauuer,
Par tout vous me venez trouuer,
Me remonstrant vostre seruage
Auec vn si fascheux langage,

Que plus ie ne ſçaurois patir.
Ne vous ſçauriez vous diuertir
D'vne ſi faſcheuſe entrepriſe.
Comment voſtre ame eſt-elle eſpriſe
D'vn ſujet ſi froid & glacé?
Souuenez-vous du temps paſſé,
Que vous meſpriſiez en vous meſme
Ceux qui aimoient d'amour extreſme,
Et qu'amour n'eſtoit qu'vne erreur,
Vne manie, vne fureur,
Vn fier Demon qui nous agite,
Et qui en fin nous precipite
Au milieu de cent mille ennuis.

CORIDON.

Il eſt vray, mais las! ie ne puis
De ſi ſaincte amour me diſtraire,
Et bien quand ie le pourrois faire,
Certes ie ne le voudrois pas,
Ne iugeant plus rien icy bas
Autour de ceſte Sphere ronde
Qui puiſſe faire aimer le monde
Que voſtre parfaitte beauté

Qui ſeule tient ma liberté.

LVCILE.

Si ma beauté tant remarquable
Vous rend le monde tant aimable,
Voſtre amour me le fait hayr:
On ne ſe doit pas esbahir
Si fuyant le deſir prophane
Ie cours au temple de Diane
Pour n'en ouyr iamais parler,
Ne vous y pouuant conſoler,
Cherchez vn autre que Lucile,
De qui l'humeur douce & facile
Vous puiſſe eſteindre ceſte ardeur,
Et fuyez l'eſtrange froideur
De quoy ma poitrine eſt remplie,
Et me laiſſez ie vous ſupplie,
Car ie voy dedans ce chemin
Alexis, Flora & Celin,
Qui pourroient penſer quelque choſe,
C'eſt pourquoy, Coridon, ie n'oſe
Demeurer icy plus long-temps.

CORIDON.

Ie m'en vay au trauers des champs
Gaigner ceste forest espesse
Pour me plaindre de ma tristesse,
Et pour songer l'inuention
D'alentir mon affection,
Et voir si ce pourra point faire
Qu'vn peu ie m'en puisse distraire.

CHANSON DE CORIDON.

HElas! faut-il que ie viue
Auec le mal qui me suit?
Et qu'à tout iamais ie suiue
Vne ingrate qui me fuit?
Ie merite bien la peine
Et les playes qu'on me fait,
Puis que mon ame soudaine
S'encourt au deuant du trait.
O bel archer qui m'enferre,
Bel œil rigoureux & doux,
Ie vous crains comme vn tonnerre,

Et si s'en aime les coups.

En vain, sujet de ma flame,
Vous me fuyez en tous lieux:
Car on n'oste point à l'ame
Ce qu'on peut oster des yeux.

Ce point en mon auanture
Sert d'alleger ma langueur,
Ie voy par ceste pointure
Vostre beauté sans rigueur.

En vous est la part cruelle
Dont vous m'offensiez iadis,
Et tout ce qui vous rend belle
Est au pourtrait que ie dis.

Par tout ie vous voy, Maistresse,
Et ce tout me vient cherir,
Et puis ce qu'vn penser blesse
Vn autre le peut guerir.

ARDENIE.

Helas! ne voy-ie pas venir
Le sujet de mon souuenir,
D'où la façon morne & pensiue
Tesmoigne vne peine excessiue,

Il n'a plus ses chiens auec luy.

CORIDON.

Ie sens redoubler mon ennuy
Par ceste fascheuse personne
Qui d'autres trauerses me donne:
Las! il me faut dissimuler,
Peut-estre il pourra consoler
Au desespoir qui me tenaille,
Il n'est pas bon que ie m'en aille,
Et puis que ie m'en voy si prés.

ARDENIE.

O Dieu! que d'amoureux attraits
Ie sens ficher dans ma poitrine,
Ie voy bien que tu me destine
A souffrir du mal sans mercy.
Mais quoy? le dois-ie attendre icy?
Ia la couleur au teint me monte,
Mais helas! n'ay-ie pas de honte
De paroistre deuant ses yeux,
Me croyant estre vn vicieux
D'aimer son sexe en telle sorte?
En fin l'amour la honte emporte.

CORIDON.

Compagnon ſois le bien venu,
Quel accident t'a retenu
Qu'on ne t'a veu par ce riuage?

ARDENIE.

Coridon le ſoin du meſnage
De ma trop faſcheuſe maiſon,
Que ie dois hair par raiſon,
Pour auoir vne belle mere
Qui m'eſt rigoureuſe & ſeuere:
Mais beau Coridon par ta foy
As-tu quelque beſoin de moy?

CORIDON.

Il ne faut que ie diſsimule
L'ardeur qui depuis peu me bruſle,
Et ne faut pas la deſguiſer
A qui peut mon mal appaiſer,
Ainſi comme tu le peux faire.

ARDENIE.

Diſcourez moy donc voſtre affaire,
Et l'amour qui vous fait douloir,
De moy il ne m'en peut chaloir,

I'aßisteray de ma puissance
Tous ceux qui auront confidence
A ma seule fidelité,
Desirant ta felicité.

CORIDON.

Compagnon depuis ton absence
L'amoureuse & belle presence
De Lucile aux chastes regards
M'a sçeu naurer de toutes parts,
Si bien que les rais & la flame
Font vn Montgibel en mon ame,
En fin espris de son amour,
Ie n'ay repos né nuict ne iour.

ARDENIE.

Coridon c'est chose asseurée
Que Lucile s'est retirée
Dans le temple des chastes vœux,
Ayant ja coupé ses cheueux,
Et faict le serment qu'on doit faire
A ce sainct & sacré mystere,
Mettant dessous les pieds soudain
Le monde & tout espoir mondain:

Tu sçais la loy qu'on y obserue,
Et comme l'entree on conserue,
Coridon, & ne puis monstrer
Qu'homme mortel y puisse entrer.
Si tu veux que ie te desguise
Pour ayder à ton entreprise,
Ie le feray soudainement:
Ie prendray vn accoustrement
De ma sœur qui est de ma taille,
Toy de la tienne, & ne t'en chaille
Nous ne serons pas recogneus.

CORIDON.

Secours, soyez les bien venus,
Compagnon tu me rends la vie
Qu'vn desespoir auoit rauie.

ARDENIE.

Hé! donc sans plus fort babiller
Allons donc tost nous habiller,
Afin que ce dessein se face,
Et nous trouuons en ceste place,
Auant que le Soleil des Cieux
Nous cache ses rais gracieux.

CORIDON.

O combien eſt-ce d'allegeance
A celuy qui vit en ſouffrance
D'auoir vn bon amy parfait,
Vn vray compagnon en effet,
A qui ſans crainte on puiſſe dire
Le mal ſecret qui nous martyre,
Et qui par ſa fidelité
Conſole noſtre aduerſité,
Donnant à noſtre amour extreſme
Son conſeil & ſon ayde meſme:
Deſia i'en trouue allegement,
Et du relaſche à mon tourment.

ARDENIE.

Las! ne ſuis-ie pas miſerable,
Et cauſe du dueil qui m'accable,
De donner de l'inuention
Pour redoubler ma paßion,
Afin de voir vne autre femme
Iouyr du ſeul bien de mon ame?
Toutesfois ie n'ay pas mal fait,
Pour voir reüßir en effet

Vn tour d'amoureuſe cautelle.

ALEXIS.

Ardenie iniuſte & cruelle,
Te voyant fuir mon amour,
Ie finiray mon dernier iour,
Afin de voir finir encore
Le mal cruel qui me deuore.
Dieu qui voyez mon grand tourment
Vangez vangez-moy promptement,
Et qu'Amour la rende enflammée
Sans qu'elle ſoit iamais aimée.

ARDENIE.

Tout beau, Berger, quelle fureur
Vous fait entrer en ceſte erreur,
De vous vouloir tuer vous meſme?

ALEXIS.

Vne ingratte beauté que i'ayme
Et qui m'a du tout en meſpris.

ARDENIE.

Berger r'appellez vos eſprits,
Temperez ceſte ardante flame,
Ne perdeZ pas le corps & l'ame,

Ie sçay celle que vous aymez,
Et pour qui vous vous consommez,
Qui n'est pas sçachant vos merites
Si cruelle que vous la dites.
Or ie suis son frere prochain,
Qui vous la fera voir demain:
Ie vous le dis sans menterie,
Trouuez vous en ceste prairie,
Si vous cherchez d'en estre espoux,
Berger ie parleray pour vous,
Tenez ceste douce cordelle
De cheueux blonds qui viennent d'elle,
Et les gardez iusques à tant
Que ie vous rende plus contant.

CORIDON.

Dieu que i'ay fait peu de demeure,
Ie croy qu'il n'y a pas vne heure
Que ie suis party de ce lieu,
Desia ie me trouue au milieu
Du bois où nous nous deuions rendre.

ARDENIE.

Ainsi ie t'ay bien faict attendre,

Mais quoy, tu me dois excuſer,
En fin ie ne pouuois oſer
Prendre cet habit que ie porte,
Me deſguiſant en ceſte ſorte,
Sans y attendre la ſaiſon
Que tous ceux de noſtre maiſon
Fuſſent allez au paſturage.

CORIDON.

Berger c'eſt tour d'vn homme ſage
D'auoir vsé ſi dextrement:
Mais Dieu que cet accouſtrement
T'apporte de luſtre & de grace,
Au port, au geſte & à la face:
On diroit, ie le vous promets,
Quand on vous verra deſormais
En ceſte grand' metamorphoſe,
Qu'oncques ne fiſtes autre choſe
Que porter l'habit feminin.

ARDENIE.

Sus ſuiuons donc noſtre chemin,
Ie vous trouue bien ce me ſemble,
Coridon maintenant reſſemble

A celle que nous allons voir.

CORIDON.

Ha! que tu me donne d'espoir,
O Dieu! que ce propos m'oblige.

ARDENIE.

Coridon que rien ne t'afflige,
Ie te feray voir auiourd'huy
Le seul sujet de ton ennuy,
Sans que pas on nous recognoisse.
Faut-il que moy mesme i'accroisse
L'ennuy qui me fait souspirer,
Et qu'vne autre puisse esperer
Par mon moyen la iouyssance
Du sujet de mon esperance?
Non, auant que m'en departir
I'en veux bien la Garde auertir,
Afin qu'il soit prins dans le Temple,
Pour desormais seruir d'exemple,
Si pour mon tourment appaiser
Il ne consent de m'espouser.

CORIDON.

Or que nous somme à la porte

Vn ie ne ſçay quoy me tranſporte
Que par tout dedans moy ie ſens
Qui m'aſſoupit l'ame & les ſens,
Ie tiens cecy pour triſte augure,
Et doute de noſtre auenture.

ARDENIE.

Puis que nous ſommes ſi auant,
Il ne faut plus aller reſuant
A ce qui nous en peut enſuiure,
Vn amoureux touſiours doit viure
Auec du cœur & de l'eſpoir,
Et que rien ne puiſſe eſmouuoir
Ny moins eſtonner ſon courage,
Amour ayde noſtre voyage:
En fin il faut qu'vn amoureux
Au peril ſoit plus genereux:
Entrons donc ſans craindre la garde
Et que rien plus ne nous retarde.

Les Gardes.

Bergere à la chaſteté
Soit encores voſtre beauté
Dont elle peut eſtre illuſtree,

Diane vous permet l'entree,
Et pouuez en ce beau sejour
Demeurer iusqu'au dernier iour.

CORIDON.

Nous sommes telles que vous dites,
Et passerons par nos merites
Toutes celles que vous gardez,
Si ce bien vous nous accordez.

ARDENIE parlant aux Gardes.

I'ay apprins depuis vn quart d'heure
Que dans ce sainct Temple demeure
Vn homme en femme desguisé,
Amoureusement embrasé
De la beauté d'vne Bergere:
Non, ie ne suis pas mensongere,
Faites en perquisition,
Et tout soudain punition.

LES GARDES.

Sans tarder fermons la porte,
Et que personne ne sorte,
Afin qu'il soit arresté,
Puis mis en captiuité,

Afin que par la Iustice
Il en soit faict sacrifice.

ARDENIE.

Ie m'en vay sans demeurer,
Car i'oy par tout murmurer
Tous les soldats de la Garde.

CORIDON.

Il faut donc qu'on se hazarde
De sortir soudainement,
Sans tarder plus longuement,
De peur que ceste canaille
Borde par tout la muraille:
Las! nous sommes descouuerts,
Ie les voy d'armes couuerts,
En voicy trois qui s'approchent,
Et qui dessus nous decochent,
Hé Dieu! que leur dirons nous?

LES GARDES.

Bergeres, d'où estes-vous?
Apprenez nous vos contrées,
Et quand vous estes entrées,
Et iurez tout maintenant

Par le haut Ciel permanant,
Qu'à vostre sexe agreable,
Cet habit est conuenable,
Ayans vos cœurs conuertis,
Car nous sommes auertis
Qu'vn en habit de Bergere
Feignant d'estre passagere
Est or' dans ce Temple icy;
Il vous faut visiter aussi,
Puis que vous estes les premieres,
Nous amenons les chambrieres
Qu'on employe à semblables cas.

CORIDON.

Hé quoy? ne nous croyez vous pas
Aux vrais sermens de nostre bouche,
A nostre œil qui n'est point farouche,
A ces teints delicats & beaux
Qu'on ne voit pas aux iouuenceaux,
Au geste, à la douceur extresme,
Que nous sommes le sexe mesme?

LES GARDES.

Rien ne vous sert de disputer,

L'on vous fera reuisiter,
Entrez tost dedans cette salle,
Quelque peur vous rend desia passe.

LES MATRONES.

Tenez, le voicy par ma foy
Celuy qui transgresse la loy,
Et qui sous l'habit de pucelle
Le sexe feminin recelle,
Cest autre que ie tiens en main
Est vne fille pour certain,
Tenez, punissez cest infame
Qui dessous cet habit de femme
Vient prophaner ce Temple sainct.

CORIDON.

Helas! puis qu'Amour m'a contraint
D'aspirer à chose si haute,
Ie veux ore auoüer ma faute
Si ne se peut faire autrement,
Et souffriray patiemment
La mort par vos mains ordonnee,
Puis que ma fiere destinee
Là haut le determine ainsi;

Mais premier que partir d'icy
Au moins faites moy ceste grace
Qu'auparauant que ie trespasse
Que ie puisse voir la beauté
Dont l'orgueil & la cruauté
Causent ma mort & ma ruine.

LVCILE.

Mais que sert que ie m'achemine
A l'endroit où ce malheureux,
Qui de moy deuint amoureux,
Tant seulement pour voir ma veue
A la chasteté resolue.

CORIDON.

Puis que loin d'esperãce & biẽ proche de l'heure
Qu'il faudra que pour vous innocenmẽt ie meure
Las! il me faut resoudre, & trouuer au tourment
De l'aise, du plaisir, & du contentement:
Puis qu'vn si beau sujet maintenant en est cause,
Pour charmer la douleur ores ie me propose
Que le cruel suplice & le feu allumé
N'est que le feu d'amour qui m'auoit enflamé,
Et que les forts liens & le fascheux cordage

Sōt les cheueux dorez qui m'ont teint en seruage,
Que ceste mort extreme où gist mon dernier iour
N'est que la douce mort qu'on esprouue en amour.
Ie ne redoute pas ceste fin preparée,
Adonis mourut bien pour aimer Cytheree
Et le braue Leandre ardemment amoureux
Mourut pour son Hero dans les flots escumeux,
Vne semblable ardeur auoit bruslé mon ame,
Bien il mourut en l'onde, & moy dedās la flame.
Ie seray bien heureux mourant pour vous aimer,
Pourueu que vostre main le feu daigne allumer.

LES SACRIFICATEVRS.

Et puis que l'amour qu'il vous porte
L'a faict errer en ceste sorte,
Belle vous le deuez sauuer,
Au lieu de luy faire esprouuer
Le trespas qu'il faut qu'il endure,
Et changer sa triste auenture
Si vous le prenez pour espoux,
Appaisant le diuin courroux.

LVCILE.

Non, non, ceste mort effroyable

Me seroit bien plus agreable
Que de changer ma volonté,
Ny de rompre la chasteté
Dont ie resous d'estre suiuie
Iusques à la fin de ma vie,
Et si ie me faisois ce tort
Ie me tiendrois digne de mort.

ARDENIE.

Puis que de Coridon Amour m'a rendu serue,
C'est doncques à moy seule à qui le Ciel reserue
Le bien de le tirer de peine & de douleur,
Et de le deliurer de ce triste malheur:
Non, non, il ne faut pas que rien plus y pretende,
Ny qu'vn autre sujet à ma raison contende,
Ie le viens demander par l'accord de la loy,
Car le Ciel l'a faict naistre en ce mõde pour moy:
De ce braue desir ie fus tousiours suiuie,
Pour luy i'ay conserué ma ieunesse & ma vie,
Et si quelque autre chose on doit point estimer,
Ie n'en fais point de cas si ce n'est pour l'aimer.
Donc, ô saincte Iustice, ô vous presence Auguste,
Ne refusez donc point ma requeste si iuste,

Remettez en mes mains par vn diuin pardon
Et la vie & le corps de mon cher Coridon.

L'HERMITE.

Ie sçay par vne grand' pratique,
Et par la science magique
Tout ce qu'au monde on peut sçauoir,
Ie sçay tirer du bas manoir
Les esprits mesmes que la Parque
Pousse à l'Acherontide barque,
Mais ie fais bien encore plus,
I'arreste le flus & reflus
De ceste grand' mer Occeane,
Et sçay rendre vn roc diaphane,
Endurcir la neige qui font
A l'egal du marbre d'vn mont,
Et faire retourner la course
Du Nil sacré dedans sa source,
Et d'vn mot arrester aux Cieux
Le cours du Soleil radieux:
Et c'est pourquoy vous deuez croire
Que ie sçay la presente histoire
De ces amans que vous voyez

Que les amours ont fournoyez,
Et rendu leur peine inutile:
Coridon sçaches que Lucile
Est ton sang & ta propre sœur,
De cela tu dois estre seur,
Et soudain esteindre en ton ame
Ceste fole ardeur qui t'enflame,
Bannissant ceste passion,
Transportant ton affection
A ceste constante Ardenie
Qui t'aime d'amour infinie.

ARDENIE.

O Coridon mon seul desir,
Ne reçois point à desplaisir
Qu'ores ie te sauue la vie,
Car la mienne seroit rauie
Par la seule fin de tes iours,
Reçois mes ardentes amours,
Et crois qu'il n'y a rien au monde
Qui en volonté me seconde:
Non que pour ta peine abbreger
Ie presume en rien t'obliger,

Mais t'ostant de ceste misere
Ie fais ce qu'amour me fait faire.

CORIDON.

Puis que les Cieux ont ordonné
Que pour vous du tout ie sois né,
Et ioint aux liens d'Hymenee,
Ie le cede à la destinée,
Et dés ores ie vous promets
De ne vous delaisser iamais:
Mesme encor apres que la vie
De ce corps me sera rauie,
Et vous rendray l'affection
Deuë à ceste obligation.

SONNET DE CORIDON.

O beau Temple diuin, où deuot se reclame
Vn cœur tout plein de grace & de deuotion,
Temple illustre de fleur & de perfection,
Où l'espoir me delaisse, & le desir m'enflame.
O Temple qui retient la beauté qui me trame
Vne si triste vie, & tant de passion:
O beau Temple où chacun pour sa punition
Pensant laisser des vœux, y delaisse son ame.

O Temple solitaire! ô beau cloistre escarté,
Où l'Archerot Amour plein de felicité
Comme vn autre Psiches ma Bergere retire.
O beau Temple sacré qui me rẽd malheureux,
Gardant la deité qu'il faut que ie souspire,
On te deuoit nommer Temple des amoureux.

DAMETTE.

Amour ingrat & miserable
Cause du tourment qui m'accable,
Tu me fais bien voir maintenant
Que tu ne m'allois retenant
Que sous vne fraude apparente,
Me voyant vn long temps errante,
Apres vn sujet desguisé
Dont mon cœur estoit embrasé:
Ores pour te faire paroistre
Que tu ne seras plus mon maistre,
Et que iamais ton vain pouuoir
Ne possedera mon vouloir,
Ie maudis tout desir prophane,
Vouant à la saincte Diane
Tous mes vœux & ma chasteté,

Mon cœur, mon ame & ma beauté,
Icy ie feray ma demeure,
Seruant iusqu'à tant que ie meure
Dans ce temple deuot & sainct,
Où iamais le feu n'est esteint
Du flambeau dont la viue flame
Icy bas va guidant mon ame.
Adieu monde remply d'abus,
Adieu, vous ne me verrez plus.

ALEXIS.

Helas! faut il que ie viue
Apres qu'vn autre me priue
Du seul bien & de l'espoir
Qu'amour me faisoit auoir?
Non, non, il faut que ie meure,
Que sert d'en retarder l'heure.

CELIN.

I'oy ce Pasteur lamenter
Qui se veut precipiter
Du plus haut de ceste roche,
Quelque amourette l'accroche,
Et luy trouble ses esprits.

Berger, que tu es espris
D'vne cruelle manie
Qui rend ta raison bannie,
Et te fait errer ainsi
Plein d'ennuy & de souci,
Sus esteignons ceste flame,
Et r'appelle dans ton ame
La raison que ce tourment
Te rauit si doucement.

ALEXIS.

Hé! laisse moy ie te prie
Pendant que ceste furie
Me tient, & me peut guerir
Du mal qui me fait mourir.

L'HERMITE.

Malheureux que veux tu faire
Resoluant de te défaire?
O Dieu! quel mal desreiglé
Te rend si fort aueuglé?
Boy de cest' eau de fonteine
De quoy ceste tasse est pleine,
En fin sa proprieté

Guerit l'esprit agité
De la douleur violente
Qui maintenant te tourmente,
Et fait oublier soudain
Tout l'amour, & le desdain.

CELIN.

Mon pere vous pouuez croire
Que ie n'ay besoin d'en boire,
Car ce mal desesperé
Ne m'a iamais alteré.

L'HERMITE.

Si de cest' eau la puissance
T'a donné de l'allegeance,
Et quelque repos plus doux,
Retournez vous en chez vous,
Au frais de ce verd bocage
Exercer le pasturage,
Vous conseruant desormais
Et la franchise & la paix:
Laissez moy là ces pucelles
Orgueilleuses & rebelles
Qui sont causant vos douleurs,

Vn aspic dessous des fleurs,
Vn poison parmy la créme:
Celuy qui sagement aime
Prend ce qu'il en peut auoir
En fin, & nous faut preuoir
Qu'amour est ieu de fortune,
Qui veut son heure opportune:
Et donc sans plus en parler
Laissons maintenant aller
Coridon & Ardenie
Auec la ioye infinie
De iouyr de ce desir
Qui donne tant de plaisir:
Laissons Lucile & Damette
Que l'amoureuse sagette
Ne sçauroit plus entamer,
Puis qu'elles veulent aimer
Ce lieu saint qui les conuie
De viure vne chaste vie:
Laissons aller Pan aussi
Plaindre l'amoureux soucy,
L'ardeur & la chaude flame

Dont il sent brusler son ame:
Que chacun plein de raison
S'en retourne en sa maison,
Pour animer son courage
Au doux soin du pasturage.

Sonnet de Celin parlant au ruisseau qui passe au Temple de Lucile.

O Plaisant ruisselet que ie t'estime heureux
D'arroser en passant sur ton areine blõde
Cest endroit où se voit la plus belle du monde
Rẽdre par ses attraits le Ciel mesme amoureux.
Quel pays, quel seiour fut iamais tant heureux
Que ce vallon mollet où murmure ton onde:
Puis que ceste beauté que rien plus ne seconde
Nous fait vn Paradis par ces bois ombrageux.
Souuien toy l'autre iour au bord de ton riuage,
Lors qu'elle estoit assise au frais de ce fueillage
Combien sortoient d'appas & d'attraits de ses yeux.
Mais ô gentil ruisseau, dont, le doux bruit m'amuse
Tu serois plus content que ne sont tous les Dieux,
Si tu estois Alphee, elle ton Arethuse.

FIN.

LE PASTEVR DESESPERE'.

CLAVDIN.

LAS où est ma Dianette,
Las où est ma Nymphelette,
Helas! ou est mon espoir?
Helas! est-elle esgarée?
Où s'est-elle retirée
Ores que ne la puis voir?
Helas! gentilles Bergeres,
Qui le long dansez legeres
De ce bel ombrage espois,
En amour qu'estes heureuses,
Pastourelles amoureuses,
Et moy i'en meurs mille fois.
La peine qu'amour me donne
Fait qu'aux bestes i'abandonne
Mon pauure esgaré troupeau,
Qui bélant par le riuage

Tesmoigne la grande rage
Qui me ronge le cerueau.
I'ay laißé ma maisonnette,
Et ma loure & ma houlette,
Et ce que i'auois de biens:
Accompagné miserable,
D'vn tourment insupportable
Sans plus, & de mes deux chiens.
I'ay couru par les bocages,
Par les champs, par les villages,
Et des monts tout au trauers:
Mais las! rien ne se presente
Qui tant soit peu me contente
Par ces incognus deserts.
Par la forest pleine d'ombre
I'ay passé mainte nuict sombre
Et mille & mille dangers:
Sans plus à ma voix debile
L'Echo respond inutile
Et les oyseaux nuictagers.
Là ie plains mon infortune,
Et la seule perte d'vne

Qui eſt mon but pretendu:
Ainſi que la Tourterelle
D'vne complainte mortelle
Gemit ſon amant perdu.

Helas! ie meurs de triſteſſe
Ne voyant plus ma Deeſſe,
Las! ie meurs cent fois le iour:
Mon ame deſconfortee
En eſt ſi fort tourmentee,
Qu'elle n'en peut plus d'amour.

Si dedans la dure eſcorce
A la pitié quelque force
Des arbres rangez icy,
Ils m'enſeigneront de grace
En quel lieu, en quelle place
Eſt mon eſpoir, mon ſoucy.

Si donc la pitié vous preſſe,
Où verray-ie ma maiſtreſſe
Ie vous ſupplie dictes moy:
Helas! c'eſt ma Dianette,
C'eſt helas! ma Nymphelette,
Pour qui ie ſuis en eſmoy.

FRANCINE.

Pauure Berger miſerable,
De ton mal inſupportable
Comment n'aurions nous pitié?
Las! nous auons faict eſpreuue
Combien de mal il ſe treuue
En vne vraye amitié.
Encor que l'amour te preſſe
De ta mignonne maiſtreſſe,
Si ne faut il tout d'vn coup
Laiſſer là ton paſturage,
Tes champs, ton fertil herbage,
Et tes montonneaux au loup.

CLAVDIN.

Il ne me chaut de richeſſe,
Bien plus que cela me preſſe
L'amour dont ie ſuis eſpris:
N'vſez donc de remonſtrance,
Pluſtoſt donnez m'allegeance.
En m'enſeignant ma Cypris.
Ia douze fois ſa carriere
A faict la paſle courriere

Depuis qu'ay mon bien perdu:
Mais i'estime peu de perte
Si ie l'auois recouuerte,
Que d'auoir tant attendu.

FRANCINE.

En elle ton ame toute
Tu mets, mais fort ie redoute
Que tu ne perde tes pas:
Pour la chercher ne te haste,
Car ie croy quelle est ingrate,
Et qu'elle ne t'ayme pas.
Dresse plustost ta pensee
Vers quelque fille auancée
Soit en bien, soit en beauté,
Qui soit d'antique lignage,
Et bien riche en pasturage,
Qui la passe en loyauté.
Elle t'est bien peu fidelle,
Et moy ie tayme plus qu'elle,
Mets y donc ton amitié:
Ie suis de maison meilleure,
Aux champs i'ay belle demeure,

Et plus de bien de moitié.

CLAVDIN.

Bien que tu sois, Pastourelle,
Riche, & gentille & belle,
Si ne veux-ie pas pourtant,
Or' qu'ayes tout l'or du monde,
Qu'à toy soit la terre ronde,
Changer ce que i'aime tant.

Puis qu'autre aduis ne me donne
Pour chercher, ie t'abandonne,
Le seul soustien de mes iours:
I'aime mieux finir pour elle,
Bien qu'elle me soit cruelle,
Et ma vie, & mes amours.

FRANCINE.

Quoy donc hors de ta pensee
Ceste fureur insensee
Pour iamais ne sortira?
Lors à moy pauure Francine,
Bien que ie n'en face mine
De dueil le cœur creuera.

Tu disois tantost heureuses

Les Bergeres amoureuſes,
Non pas celles comme moy,
Qui ſuis de l'amour eſpriſe
De celuy là qui ne priſe
Mon amour ny mon eſmoy.
Voy Claudin, voy ce teint paſle,
Voy ma beauté qui s'eſgale
A celle de ta Cypris:
Penſe combien d'heritage
I'ay plus qu'elle d'auantage,
Voy mes iardins, mes pourpris.
Endure vn peu: que veut dire
Ce mal gracieux ſouſrire?
Où fuis-tu mon pauure cœur?
Penſe tu que ie te laiſſe
Iuſqu'à ce que ie te preſſe
De tes leures la douceur?

CLAVDIN.

Sus importune Bergere,
Plus cent mille fois legere
Que l'inconſtant flot de mer,
Ie n'ay de tes amours cure:

Vne qui danse n'endure
Comme toy, pour trop aimer.

FRANCINE.

Pour l'esperance ie danse
Qu'vn iour i'auray iouyssance
De Claudin que i'aime tant:
Or' en pleurs ie me consomme,
Que tu n'es, ô cruel homme,
De mon amour plus content.
Cruel trop tu me desdaignes,
Et seulement tu ne daignes
D'vn baiser me soulager:
Iamais en nostre village
Ne fut cognu de cest âge
Vn plus mal appris Berger.
Las! moy donc pauure pucelle,
Las! moy pauure Pastourelle,
Las helas! morte ie suis,
Ayant perdu l'esperance
D'auoir de toy iouyssance,
Ie vais me ietter au puits.

CLAVDIN.

Aimer rien ie ne souhaitte
Sinon que ma Dianette,
Tout en elle est mon soucy,
Plus que toy mille fois belle:
Si pour moy meurs Pastourelle,
Ie mourray pour elle aussi.

FRANCINE.

Helas! au moins que ie touche
Le doux corail de ta bouche,
Si plus auoir ie ne puis:
Est-ce ainsi que tu en vses?
Ha cruel! tu me refuses,
Et comme feu tu me fuis.

Laissez ces danses, compagnes,
Laissez ces prez, ces campagnes,
Laissez ces champs, plorez moy,
Plorez toute la misere
De ceste pauure Bergere,
Qui meurt d'amoureux esmoy.

PROCES D'AMOVR.

PLAIDOYER DE L'AMANT.

IE plaide contre Amour, & bien que ie m'oublie,
Escoutez mes raisons, meßieurs, ie vous supplie,
Escoutez mes raisons, & regardez combien
Ie souffre de douleurs pour auoir fait du bien.
Amour que l'on fait Dieu, Dieu de telle puissance,
Qu'il met les plus grãds Rois sous son obeissance,
Est vn traistre enchanteur qui par enchantemẽt
Domine des mortels le foible entendement.
Meßieurs, vous sçauez bien qu'est-ce que de sa force
Comme il cache vn venin sous vne belle escorce,

Comme il eſt menſonger, comme il ſe plaiſt auſsi
A tromper ceux qu'il tient en peine & en ſoucy.
Ie ſçay qu'aucun de vous ne doute que ſes flames
Ne ſoient vrayes poiſons qui tourmentent nos ames:
Ie ſçay que vous ſçauez encores mieux que moy,
Qu'Amour eſt deſloyal & n'a gueres de foy,
Vous auez maintefois eſprouué ſa malice,
Ne me refuſez point de me faire iuſtice,
Ne me refuſez point ce qui eſt de raiſon,
Ie ſuis captif lié, nuict & iour en priſon;
Il ſe ſert de mon cœur comme d'vne fournaiſe,
Où de mille rigueurs il anime ſa braiſe,
Ie bruſle, ie conſomme en triſteſſe mes iours,
Meſsieurs, ie vous demande à ceſte fois ſecours,
Vous eſtes obligez à vn chacun de rendre
Le droit, & contre tous la iuſtice defendre:
Ie ſuis le droit moy-meſme, or donc ayez mon fait
En voſtre ſouuenãce, & vueillez s'il vous plaiſt,
Sans me faire languir me deliurer de peine,
Viure comme ie fais c'eſt eſprouuer la geſne.

PLAIDOYER D'AMOVR.

MA partie, meßieurs, parle indiſcretemẽt,
Saouf voſtre bon aduis & meilleur iugement,
Vous ſçauez qui ie ſuis, vo⁹ cognoiſſez ma mere
Vous ſçauez trop combien le monde me reuere,
Et toutesfois ce ſot tout enflé de courroux, [vous,
M'a blaſmé ſans reſpect maintenant deuant
Ne me laiſſez brauer deuant voſtre preſence,
Ou ſi vous l'endurez, i'en feray la vengeance:
Il me fait mal meßieurs que moy qui ſuis vn Dieu,
Pour vous honorer trop ſois braué dans ce lieu,
Ie ne veux point vſer de force & violence,
Ie vous veux honorer & rendre reuerence,
Ie ſuis venu des cieux pour vous faire ſçauoir,
Que ie fais à l'endroit d'vn chacun mon deuoir.
Que ie ne ſuis pas tel que cet ingrat m'appelle,
Ains iuste, raiſonnable, equitable & fidelle,
Que i'aime la iuſtice, & que i'abhore ceux

Qui d'obſeruer les loix ne ſont pas deſireux.
Ne croyez donc, meßieurs, les paroles menteuſes
D'vn qui ne fait eſtat que d'inuenter les ruſes,
Il dit qu'il a le cœur plein de fidelité,
Et moy ie dis qu'il l'a plein de deſloyauté,
Et pour vous faire voir mon dire veritable,
Il fond en diuers lieux ſon amour variable,
Conſtant en inconſtance aimant les changemens,
Indigne d'eſtre mis au nombre des amans,
Il dit qu'en ſon endroit ie ſuis plein de rudeſſe,
Mais que puis-ie pour luy s'il n'a la hardieſſe
De dire librement ce qu'il a dans le cœur
A celle qui le tient en peine & en langueur?
Meßieurs, c'eſt vn amãt qui n'a point de cõſtãce,
Qui eſt poltron d'effect & vaillant d'apparẽce,
Oſtés nous de diſpute, & le plus promptement
Ce ſera le meilleur pour noſtre allegement.

ARREST.

APres auoir ouy vos debats, vos querelles,
De peur qu'à l'auenir elles ne ſoient mortelles,

Nous voulons, ordonnons, & commandons aussi
Que cét Amant fut franc d'ennuis & de soucy:
Nous commandons amour par sa faute commise
A tenir la prison six mois tout en chemise:
Car le iuste loyer de sa meschanceté,
Merite que de nous il soit ainsi traicté:
Nous voulons, ordonnons, & cõmandons encore,
Qu'aucun ne le reuere, estime, prise, honore,
Afin qu'il puisse auoir vn regret eternel
Enuers ses seruiteurs d'auoir esté cruel.

FIN.

www.ingramcontent.com/pod-product-compliance
Lightning Source LLC
Chambersburg PA
CBHW071115260626
47162CB00006B/2330

* 9 7 8 2 0 1 9 6 0 2 3 5 2 *